RELATION

EN VERS

LIBRES.

DE

QUELQUES MAXIMES

PRECHE'ES A CAEN

Le Carême dernier 1679.

SERA-T-IL vray que le mensonge,
Sans que pas un Pasteur y songe,
Triomphe avec impunité
Dans la Chaire de vérité ?
Et qu'aux yeux d'une grande ville,
Au lieu de prêcher l'Evangile
Pour lequel on est envoyé,
On traite d'esprit dévoyé
Tout Ministre exact & fidéle
Qui déplaist au Pére Ridelle ?
  J'ay quelquefois été surpris
Qu'une ville, où les beaux Esprits
Ne devroient point sembles si rares,
Adorast toutes les fanfares
D'un échauffé Déclamateur
Qui fait le Sage & le Docteur,

A

Et prétend par l'Art Oratoire
Dominer sur son Auditoire :
Quoy qu'en effet son grand talent
Ne soit ny d'être succulent,
Ny d'éclairer la conscience
Par les rayons de sa science ;
Encor moins de toucher les cœurs
Par des attraits doux & vainqueurs.
Car du fonds de ce qu'il propose
On remporte assez peu de chose.
Otez-moy quil fait ses leçons,
Qu'il met son thême en cent façons,
Qu'il parle hardiment & vîte,
Qu'il ne crache, ny ne héfite,
Qu'il n'a point le poûmon ufé,
Son discours est-il si rusé ?
Que voit-on dans sa Rhétorique
Qu'un air flateur & politique ?
Si bien qu'il faut, comme je crois
Qu'il trouve dans sa forte voix,
Le talent le plus efficace
Pour étourdir la populace.
   Quoy qu'il en soit, il est certain
Qu'un homme qui marche ce train,
Se feroit rendu plus utile
A toute ce grande Ville,
De donner tréve à ses poûmons,
Que d'avoir fait certains Sermons,
Pour noircir l'étroite Morale,
Par le plus étrange fcandale
Qui puiffe fortir des enfers,
Et mettre l'Evangile aux fers.
Jugez un peu fi le langage
Que ce Pere a mis en ufage,
L'air décifif fur le vifage,

3

D'un ton fier & plein de courage
Peut partir d'un homme bien fage,
Qui fe mefure & fe ménage,
Pour réüffir dans un ouvrage
Où fon Miniftére l'engage :
Vous y verrez quel eft l'efprit
De ce fameux Pére confcript.
„ Nôtre Seigneur, *difoit ce Pére*,
„ Ne s'eft point montré fi févére,
„ Que nos Directeurs réformez,
„ Bien connus fans être nommez.
„ N'euffent-ils pas dans leur colére
„ Obligé la Femme adultére,
„ Avant que luy donner la paix,
„ De ne pécher plus déformais,
„ Et de vivre en honnête Femme,
„ Sans jamais r'allumer fa flâme ?
„ Mais le Sauveur beaucoup plus doux
„ Que ces efprits nez au courroux
„ Ne veut pas tant exiger d'elle.
„ Car je dis, moy Pére Ridelle,
„ Du nombre de ces fens raffis
„. Dont le bonnet eft circoncis,
„ Qui peuvent, s'ils l'ont agreable,
„ Rendre une opinion probable ;
„ A qui feuls le Ciel a permis,
„ (Le bon fens leur étant foûmis)
„ De prêcher, felon la rencontre,
„ Tantôt le *Pour*, tantôt le *Con.*
„ Pour unir par tous ces accors
„ Toutes les ames à leur corps.
„ Moy, dis-je, je vous interpelle
„ Si le Sauveur exige d'elle
„ De rendre fon péché perclus ?
„ Il ne dit pas : *Ne pechez plus* ;

A ij

,, *Ne commettez plus d'adultére.*
,, Cet ordre feroit trop févére.
,, Il luy donne un avis plus doux :
,, Directeurs le prévoyez-vous ?
,, Je vous appelle à fon Ecole
,, Attachez-vous à fa parole
,, Sans rien mêler de fuperflus
,, *Femme*, dit-il, *ne veuillez plus.*
,, C'eft là, dit le Pére Ridelle,
,, Tout ce que Dieu demande d'elle.
,, Un petit tour de volonté
,, Quoy qn'il foit cent fois rétracté
,, Par l'étrange inftabilité
,, Où nous met la fragilité ;
,, Ce même acte étant répété
,, Nous doit remettre en feureté,
,, Puis qu'il remet l'ame en fanté,
,, Et l'éleve à l'Eternité.
,, O Dieu de grace & de bonté !
,, Que devient la févérité
,, De nos Directeurs incrédules
,, Qui font toûjours dans les fcrupules,
,, Et qui ne font jamais contens
,, Du *Peccavi* des Pénitens.
,, Il leur faut des mois pour réfoudre
,, S'il fera feur de les abfoudre.
,, Il vaut mieux, difent-ils fouvent,
,, Les éprouver auparavant.
,, C'eft ainfi que ces hypocrites,
,, Qui d'ailleurs n'ont point de mérites
,, Se piquent de févérité,
,, Pour fe mettre en autorité,
,, Et faire parler de leur zéle.
,, Mais venez au Pére Ridelle,
,, Dit-il encore en s'échauffant,

„ Comme il est Pére, il est Enfant,
„ Il est Auditeur bénévole,
„ Il croit les gens sur leur parole;
„ Il ne fait jamais l'empéché
„ Sur le plus énorme péché,
„ Toûjours prest sans aucune épreuve
„ A rendre la paix toute neuve.
Peut-on en tendre un tel discours,
Et n'en pas arrêter le cours ?
Ne pensez pas que j'exagére
Le discours public de ce Pére.
   Cent Auditeurs dignes de foy.
L'ont remarqué tout comme moy;
Et je n'ajoûte à ses maximes
Pour tout sens que les seules rimes.
Qu'en ditez-vous, zélez Pasteurs ?
Flattez-vous ces Prédicateurs ?
Hé, que dira-t-on d'une Ville
Où l'on Prêche ainsi l'Evangile ?
L'on entendra qu'un Confesseur
Manque de sens & de douceur,
Dés lors que l'on voit qu'il exige
Qu'un faux Pénitent se corrige,
Et prouve sa Conversion
Par la voix de son action,
Aprés avoir pour une obole
Trente fois manqué de parole ?
L'on oze donc avec mépris,
Sans crainte d'en être repris
Insulter d'un air tout profane
Qui n'a rien de bon que l'organe,
A quiconque veut aller droit
Par le chemin le plus étroit,
Ou qui veut y mener les autres ,
Comme on fait tous les vrais Apôtres.

Ce n'est pas tout, voicy l'excès
Qui dévroit faire le Procés
De ce nouvel Evangeliste,
„ Suivez, dit ce Pere, à la piste
„ Ces Amans de la verité.
„ S'ils vivent dans l'austerité,
„ Si cachez dans la solitude
„ Ils en font leur prémiére étude,
„ Si ce sont des gens attachez
„ Aux sentimens non relâchez,
„ Qui citent les prémiers Apôtres,
„ Et qui les préférent aux nôtres,
„ Qui parlent de Tradition
„ Pour y régler leur action,
„ Qui citent sur toutes matiéres
„ Comme deux brillantes lumiéres,
„ Soit en François, soit en Latin,
„ Saint *Thomas* & saint *Augustin* ;
„ S'ils sont gens attachez aux Prônes,
„ Qui fassent de grandes aumônes,
„ Défiez-vous, chers Auditeurs,
„ Que ce ne soient des imposteurs.
„ Je say que leur maniére est fine ;
„ Mais ils en ont toute la mine,
„ Et si leur cœur n'étoit caché
„ Vous verriez comme il est taché.
Pouvez-vous, ô chastes oreilles,
Entendre des choses pareilles ?
Quoy ! la voix du diable en ce lieu
Passera pour celle de Dieu ;
L'on y verra sur le Pinnacle
Un Tambourin faire l'oracle ;
Sans qu'on avertisse un Prélat
Qui sans doute auroit fait éclat,
Et prononcé quelque Anathême,

S'il avoit entendu luy-même
Tout le flux de ce zéle amer
Plus piquant que l'eau de la Mer.
Car ce Prélat assez habile
Pour distinguer un flux de bile,
De l'amour de la vérité,
Ayant d'ailleurs toûjours été
Capital ennemy des troubles,
Ne veut pas que des Esprits doubles
Viennent icy mal à propos
Nous troubler dans nôtre repos.
   Cependant le Pére Ridelle,
Pour s'apuyer dans son grand zéle
De l'autorité du Prélat,
Voulut par un petit éclat
Faire devant luy l'ouverture
De son incartade future;
Afin qu'on dit le jour suivant,
Qu'ayant fait comme auparavanr,
Il sembloit avoit reçû l'ordre
De piquer, d'écorcher, de mordre.
   Et de vray, je puis dire icy
Que l'artifice a réüssi.
Car, dit-on, si cette Morale
Pouvoit causer tant de scandale,
Et révolter dans ce Saint tems
Tous les pécheurs impénitens;
Le Prélat sur cette matiére
A trop de zéle & de lumiére,
Etant comme il est sur le lieux,
Pour y vouloir fermer les yeux.
On sait bien que comme il est sage
Il se mesure & se ménage;
Pour ne pas inutilement,
Aigrir le zéle remuant,

De certains qui n'ont point encore
Sû trouver aucun ellébore
Pour guérir un mal de cerveau
Toûjours vieux & toûjours nouveau,
Dont tant de bond que de volée
Leur pauvre teste ensorcelée,
De bonne ou de mauvaise foy
Ne sauroit revenir à soy.

    Comme il sait que voicy la Ville,
Peut-être la seule entre mille,
Qu'un ridicule & vain soupçon
Tient presque toûjours en frisson;
Et que ces fiévres continuës
Ont déja fait courir les ruës;
Il a des yeux plus indulgens
Pour ceux-ci que pour d'autres gens:
Mais cependant son indulgence
Ne va pas à la négligence:
Et je crois dans la vérité
Que s'il eût luy-même écouté
Les excés du Pére Ridelle
Scandalisant l'ame fidelle,
Nonobstant qu'il soit reservé
Il l'auroit peut-être lavé.
Comme il voit clair dans les matiéres
Sans emprunter d'autres lumiéres,
Comme il sçait bien le fondement
De ce terrible entêtement,
Dont la plus grande inquiétude
Vient souvent du trop peu d'étude,
Et qu'ici plus qu'en aucun lieu
La plus grande gloire de Dieu
Sert de pretexte à toutes choses;
Comme il sait les secretes causes
Qui font joüer tous ces ressors

Sur les vivans & sur les morts,
Et qu'aujourd'huy les hommes sages
Reviennent de ces badinages;
Comme il sait que si les zélez
N'avoient point d'interests mélez;
Que chaque Prêtre aimât l'Eglise
Sans y faire aucune entreprise;
Qu'on n'eût point ces demangeaisons
De s'ingeérer dans les maisons,
Et d'ériger en héritage
Le métier de Patelinage;
Que les cœurs fussent sans levain,
Qu'on ne fût ni jaloux ni vain;
Et que certains petits Apôtres
Qui veulent dominer les autres
Entrassent dans l'esprit commun,
Tous les cœurs n'en deviendroient qu'un;
En un mot comme il voit les choses
Dans leurs effets & dans leurs causes
S'il voyoit qu'un fist des faux pas
Ce Prelat n'en souffriroit pas.
Car je sai qu'il n'est pas bien-aise
Qu'on broüille dans sons Diocese.
  Or del'humeur qu'on est ici,
Pour mettre le monde en souci,
Pour causer la guerre civile
A tous les coins de cette ville,
Pour mettre tout en desarroy,
Crainte, Amour, Espérance, & Foy,
Que faut-il ? la moindre bluette
Sur l'esprit d'une femmelette :
On voit d'abord des bataillons
De juppes & de cotillons,
Que des chefs en titre d'Office
Ont enrôllé sous leur Milice,

Dont ils ont fafciné l'efprit
De vive voix & par écrit,
Dont ils font fouvent des revuës
Par les maifons & par les ruës,
S'occupant l'efprit tout entier
A cet inutile métier,
Dont S. Paul a fait un Chapitre
Vous favez bien en quelle Epître,
Lors qu'il nous fait un racourcy
Des femmes que je peins icy,
A qui le métier des Dévotes
Donne droit de faire des notes,
Et d'infpirer dans l'entretien
Du foupçon pour les gens de bien.
On voit donc aux moindres allarmes
Ces bataillons prendre les armes,
Foudroyer l'unique péché
Sous le nom de *venin caché;*
Tenir leurs Conciliabules
Pour forger de nouvelles Bulles
Inventer de nouvelles Loix
Que n'ont fait ny Papes ny Roys,
Se déchaîner contre la Trappe
Nonobftant le Bref d'un S. Pape,
A l'Abbé de ce fameux lieu
Qu'on fait être un Homme de Dieu;
En un mot fi peu que l'on die
Peut icy faire un incendie.
    Comment donc fait-on tant d'effort
Pour réveiller le chat qui dort!
Vû que celuy qui le réveille
Eft en danger de la pareille,
Et qu'à Rome où l'on eft zélé
Efcobar vient d'être grélé,
    Qu'aprés avoir par ftratagéme

Quelque temps paré l'Anathême;
Invoqué contre ce Revers
Toutes les Cours de l'Univers,
Remué toutes les Provinces,
Employé le crédit du Princes;
Tout cet effort s'est trouvé vain
Contre les *Docteurs de Louvain*,
Ou plûtoft contre l'Evangile
Auquel ils ont fervi d'azile
Lorfqu'ils ont pris fa caufe en main
Devant le Pontife Romain,
Qui n'a pû fufpendre fa foudre
Quoy qu'on ait fait pour le refoudre
A laiffer ces cas indécis,
Dont environ foixante-fix,
Si rempli de pus & d'ordure
Qu'ils font horreur à la nature,
Ont été fur des faits prouvez
Et mis au rang des réprouvez.
　　Aprés ce coup qui vous écorne
O vous, dont le pouvoir fans borne
Quelque bien qu'il foit écorné
Ne fçauroit être affez borné,
Tout autre qu'un Pére Ridelle
Oferoit-il chercher querelle,
Et lever ainfi l'Etendard
De Tambourin, & d'Efcobard,
Tenter le fort d'une bataille
Et donner lieu de répréfaille?
Tout autre qu'un homme étourdi
Auroit-il été fi hardi
Que d'éclater fur cela même
Qui donne jour à l'Anathême;
Se portant à de tels excés
Lors même qu'il perd fon procés?.

Pouvoit-il fur l'Euchariftie
Porter plus loin fon Amniftie ?
Donner plus de pente & de lieu
A profaner le fang d'un Dieu ?
Plus expofer la fainte Table,
Au pécheur le plus incurable,
Et joindre avec plus de fierté
L'impofture à l'impiété ?
  „ Vous miffiez-vous, *difoit ce Pére*,
  „ Mille fois le jour en colére ;
  „ Tombaffiez-vous à tous moments
  „ Dans ces petits déréglements
  „ Qui ne font pas mourir les ames,
  „ Quoy qu'ils amortiffent les flammes
  „ Et l'efprit, qui fait le pouvoir
  „ D'être, de vivre, & de mouvoir ;
  „ Euffiez-vous la volonté pleine
  „ D'en conferver toûjours la graine,
  „ Et d'avoir des replis cachez
  „ Pour mitonner tous ces péchez,
  „ Le nombre en fût-il comparable
  „ Aux grains de pouffiére & de fable ;
  „ Pour cela ne differez pas
  „ De faire ce facré repas
  „ Où Jesus luy-même convie
  „ Quiconque veut avoir la vie.
  „ Sur ce point tous gens circonfpects
  „ Paffent chez moy pour gens fufpects.
  „ Défiez-vous de leur lumiére
  „ Sur cette importante matiére.
C'eft ainfi que ce grand Précheur
Prétend on flater le pécheur,
Ou faire que l'on perfécute
Ceux qu'il aura toûjours en butte.
Quoy qu'il en foit de fes exces,

Qui feroient un trop long procés,
Revenons au Chat qu'il réveille.
Pense-t-il qu'on soit tout oreille
Sans langue pour la vérité,
Lorsqu'on voit un homme emporté
Fraîchement noirci d'Anathéme,
Décrier l'innocence même
Qui prêche le chemin étroit?
Aujourd'huy n'a-t-elle pas droit
De dire du Pére Ridelle
Ce qu'il a luy-même dit d'elle;
„ Que quand l'Eglise avoit parlé,
„ Quel que fût nôtre démélé,
„ Il faloit d'une ame soûmise
„ Ecouter la voix de l'Eglise;
„ Que le Pape en étoit le Chef:
„ Ouy, dit-il, je dis derechef,
„ Que le Pape en étant le faîte,
„ Et la bouche étant dans la tête,
„ C'est-elle qui met l'interdit,
„ D'abord que le Pape l'a dit.
Or à ce compte, Adieu le zéle
Du décisif Pére Ridelle :
Car enfin suivant ce respect
Ce qu'il dit doit être suspect :
Sa *Morale* est de contre-bande
Et celle de toute sa bande.
Le Pape vient tout fraîchement
D'en publier son Jugement.
Ce Pape pour vivre en Apôtre
En seroit-il moins crû qu'un autre ?
L'Echantillon & les Extraits
Qu'il a fait tirer tout exprés
De cette *Morale* perduë,
Ont dans leur sens une étenduë

Qui fait voir qu'on met au billon
La piéce par l'échantillon.
A cela que peut on répondre ?
Voudroit-on y trouver à tondre ?
Les Prélats qui jufques ici
Avoient donné quelque fouci
Aux Auteurs de cette Morale,
Paffoient tous pour gens de Cabale.
A quelque prix que ç'eût été
Il falloit en être noté.
Fût-on un autre Jean-Baptifte,
On étoit toûjours Janfenifte :
Et ce beau refrein de Chanfon
Eft à Caën l'unique Leçon
Des Directeurs de Femmelettes
Qui font éclat par ces bluettes.
   Mais aprés ce fameux Revers
Que répondre à tout l'Univers ?
Que devient cette Mommerie ?
Comment changer de batterie ?
Dira-t· on que fauf fon refpect
Le Pape luy-même eft fufpect ?
Lorfque ceux qui le voudroient dire,
Si leur mal n'en devenoit pire,
Répandent de pareils foupçons
On peut méprifer leur chanfons :
Ils n'ont ni les droits, ni les tîtres
De Maîtres, de Juges, d'Arbitres ;
Et leur Arreft n'eft jamais tel
Qu'il ne foit foûmis à l'appel.
Au lieu que dans cette querelle
Où le Pape a marqué fon zéle,
Le Révérend Pére Ridelle
Se contredit s'il en appelle.
   Toutefois pour être à couvert

D'être reduit au Bonnet verd,
Il a prévû cette rencontre,
En prêchant le *Pour* & le *Contre*,
Suivant le moyen usité
A ceux d'une Societé,
Où, dût-on corriger la Bible,
On veut toûjours être infaillible.
Car ce Pére en certains endroits
A parlé de chemins étroits
D'une maniére si divine,
Qu'on l'eût pris, n'eût été sa mine
Qui le fait un peu moins priser,
Pour un homme à Canoniser.
Mais à la premiére rencontre
Il prêchoit directement contre.
Tantost en faisant le Tableau
Du sexe féminin & beau,
Et des beaux esprits de la ville
Qu'il trouvoit dans son Evangile ;
Et tantost par des coups de dents,
Qui n'étoient que trop évidents,
Mordant l'un, & déchirant l'autre,
Par un nouveau zéle d'Apôtre.
Faut-il pas demeurer d'accord,
Aprés ce fidéle rapport,
(Car ce rapport est trés-fidéle)
Qu'aprés le bon Pére Ridelle,
Quoy qu'on puisse inventer de beau
Nous devons tirer le rideau.

GRace au Ciel, ce n'eſt ny l'envie,
Ny l'intereſt qui me convie
De parler de cette action,
N'étant de ma Profeſſion,
Ny Docteur, ny Moyne, ny Prêtre,
Ny preſſé du deſir de l'être;
Mais amy de la vérité,
Je n'ay pû ſans être irrité
Voir triompher la vanité,
Le menſonge & l'iniquité
Avecque tant d'impunité
Dans le Temple de vérité.